KB126404

타이피스트 시인선 004

나의 숲은 계속된다

김다연

타이피스트

시인의 말

잃었다고 하기엔 애초에 없었던 _____
없음으로 존재하는 _____

어떤 말로도 채워지지 않는 _____을
하염없이 바라만 본다

2024년 6월
김다연

차례

1부

2부

3부

1부

너는 너의 밤을 중얼거리고
나는 나의 꿈을 웅얼거리고

무언가 쓰고 싶었는데
무엇을 써야 할지 모르는 밤일 뿐인데

그저 눈을 감고 있을 뿐인데
몸에서 새가 울고 강이 흐른다

나는 조금 더 누워 있어야 할 것 같아
나무 곁으로 옮겨 가야 할 것 같아

어제 보이던 것이 오늘은 보이지 않는데

너는 너의 밤을 중얼거리며
나는 나의 밤을 중얼거리며
손을 잡았을 뿐인데

우리는 우리처럼 보였지

너는 거의 나무에 닿은 거 같아
곧 잎이 피어오를 거 같아

흐르지 않는 시간 속에서 아직도 시를 쓰니?

나는 여기에 홀로 남아 여기의 외곽으로 밀려나고 있어

무언가를 쓰고 싶었는데
무엇을 써야 할지 몰라

텃밭을 가꾸고 방울토마토를 기다리면서

아무 일도 아닌 거잖아

— 엔딩의 서막

밤과 아침을 디졸브로 넘어가려 하지 말아 줘 섬광이 우리의 두 눈을 할퀴던 눈부신 발톱이었던 것처럼 거친 노이즈로 두 귀를 찢던 용기로 남아 있으려 하지 말고 먼저 일어서서 나가는 것이다 수없이 헛걸음치던 지도 속에서 펼쳐진 서막이 우리를 압도해서 우리의 발이 스스로 거기에 묶였던 것을 반전에 반전을 거듭해도 결국 그렇게 되고 말았다는 것을 아름다운 결말로 해석할 누군가를 위해 비극으로 파국으로 더 빨리 치닫게 내용은 건너뛰어 가는 것이다 단 하나의 정물로부터 단 하나의 형상을 단 하나의 형상에서 지울 수 없는 운율을 얻었지만 의미 없이 흐느끼고 의미 없이 웃으며 아무것도 아닌 듯 그저 말해 보는 것으로 쓸데없이 가득 채우고 텅 비어 가는 것이다 그토록 정교한 밤의 조각으로 조금씩 조심스럽게 쌓아 가던 대화가 표현할 수 없이 깊어지는 독백의 웅덩이로 한순간에 무너질 수 있게

나를 너로 고쳐 쓰는 밤
— 필사의 계절

겨울이 여름을 옮겨 적는 동안
여름이 겨울을 옮겨 적는 동안

나는 '너'를 옮겨 적으면서 나를 비껴간다 호수를 비껴
간다 고양이를 비껴간다 골목을 비껴간다

"벌써 일곱 시구나"°라고 옮겨 적는, "벌써 일곱 신데 아
직도 저렇게 안개가 끼어 있다니"°라고 옮겨 적는, 그 여름
엔 꽃이 지고 있었다 바람이 불고 있었다 기차가 지나가고
있었다 매미가 울고 있었다

'해가 지고 있다' '해가 지고 있다' 그러나 해는 이미 저물
었으므로 나는 한때의 저녁에서 맥주를 마신다 라디오를
켠다

— 너는 아직도 그 겨울이 언제 끝난 지도 모른 채 (얼어붙
어 있는 두 손으로) 눈 위에 눈을 눈 위에 눈을 쓰고 있을까?

수요일이 있었던, 햇빛이 있었던 자리에 앉아, 지나간 창

밖을 다시 훑는 고양이의 눈빛처럼,

　떠오르지 않는 것을 떠올리며 네가 쓴 것을 읽는다 읽은 것을 쓴다 오지 않는 것을 기다리며 마지막을 쓰는 아침이다 나를 너로 고쳐 보는 밤이다 여전히 너는 없는 오후다

　멀리 새가 운다 그런 날의 그런 바다에 앉아 울던 그런 날의 그런 새의 울음을 들으며 네가 쓰고 네가 쓴 구름을 이어쓴다 겨우 눈을 감고 겨우 눈을 뜨면서 겨우 쓴 너의 얼굴로너 없이 너의 겨울을 쓴다

　구름 밑의 구름이 구름 밑의 구름과 얼어붙어 어디로도흘러간 적 없는 구름이다 커져만 가는 구름이다

　너로부터 시작된 구름이
　너로부터 멀어지고 있다

° 카프카의 『변신』 중에서.

17

고독은 나의 사(事)여서
— 코타르 증후군

바깥에는 눈이 내렸다. 눕는 것만으로 죽음에 이를 때가 있었다. 다시 태어나도 같았다.

발견되지 않은 나의 사(死)는 눈 뜬 채로 고독하지만 고독은 나의 사(事)여서, 몸을 대신할 문장을 찾는 일. 나의 사(死)는 나의 사(師)여서 더 깊은 수렁을 보여 주거나 영원한 영원에서 영원하지 않는 영원으로, 영원하지 않는 영원에서 영원 없는 영원으로 가야 한다고 말한다.

나는 어떤 모종이었기에 어떤 흙에서도 자라지 못했을까? 허구의 잎. 그림자에 안겨 곤한, 몽상으로부터의 광합성.

빛을 받아 자라나는 능력을 갖지 못했다는 단 하나의 과오。

나를 웃게 한 것이 나를 울게 한다는 것. 나를 울게 한 것은 결국 나라는 걸 알 때까지 울고 우는 것.

나의 세계는 기울어진 말이었다. 착오였다. 구오였다. 오인이거나 오해였다.

그만하고 싶다. 이미 모든 게 썩고 있으니.

조금 더 누워 있다가 앉아 있다가 강변까지 걸어갔다. 거리는 조금씩 텅 비어 갔다. 문이 닫히고 있었다. 누군가 버리고 간 개와 남아 있었다. 어두워야 보이는 나무와 함께 흔들리고 있었다.

더는 죽지 않아도 되는 죽음이었다.

° 시몬 베유의 『중력과 은총』 중에서.

자소서
— 나에게 없는 그런 사람은 단점을 장점으로 쓴 나와 같아서

빈칸으로 지냈던 어떤 시기의 공백에서 빈 바람을 뒤적이며 나를 디깅한다. 유유하고 여여하고 요요하다. 마주할 수 없는 얼굴을 마주하며 쓰는 대로 흘러간다. 쓸수록 나에게서 멀어진다.

가능하지만 불가능해서 더는 나아갈 수 없는 나는 수용할 수 없음을 수용하며 다수 안의 겸허한 소수로 묻어간다. 찬성을 찬성하지도 반대를 반대하지도 않는 생각은 말이 없다. 어딘가에 접혀 있다. 앞뒤 없이 방향을 바꾼다.

시작을 알 수 없는 끝이 서두에 온다. 모든 변수에 긍정적이어서 실패를 실패로 받아들이지 않아서 계속 실패한다. 원만하게 구부러진다. 밤의 각도를 튼다. 어디로도 아침이 온다.

모두 속에 있지만 드러나지 않는다. 모두의 일원으로 작동하기 위해 분량을 늘린다. 아무리 늘여도 줄어든다. 눈동자만 남아 구석에 처박힌 단어와 결합한다. 쓰면서 경험을

재구성한다. 내 뜻대로 되지 않는 내 뜻이 되어 간다.

아직 작성 중이다. 곧 형체를 갖출 것이다.

기억은 기억되지 않는다

나의 숲 나의 호수 나의 별은 이제 없다
이야기를 어디서 끝내야 할지 몰라

이야기는 길어진다
점점 나빠진다

더 이상 먹을 수도 말할 수도 없지만 아직 살아 있다

과거의 집합체°이든 가능성의 집합체°이든
좀 더 아름다운 표현에 이르고 싶었을 뿐

남길 것 없는 말의 더미들 속 부스럭거리는 새들……
밤에 짓눌린 날개와 파편의 중얼거림……

나에겐 그 모든 걸 쓸어 담을 아주 큰 봉투가 필요하다

비가 온다 비가 오지 않는다
바람이 분다 바람이 불지 않는다

어두컴컴하다 입이 마른다

무엇이기 이전에 더없이 낯선 빛뿐인 머리는
오래된 타자기 소리를 낼 뿐

기억은 기억되지 않는다

° 에두아르 르베의 『자살』 중에서.

불빛을 지송(持誦)하다

나는 태어났다°라는 문장 속에서 나는 태어났다.

너의 모국어로 사물의 이름을 익히고 네가 불러 주는 문장을 받아쓰며 문장의 구조를 익혔다. 너의 서재에서 계절을 보내며 자라나다 다시 태어난다. 첫 문장에서 태어나 첫 문장에서 죽는다. 나는 너의 찻잔 너의 이불 너의 책상 너의 고양이들과 함께 무한 속에서 무한한 잠을 잔다.

롤랑 바르트의 『애도 일기』를 펼친다. "추상은 부재면서 고통이다. 그러니까 부재의 고통. 그런데 어쩌면 이건 사랑이 아닐까?"라는 문장에 밑줄을 긋는다. 나는 부재한다. 나를 애도한다. 아무에게도 알리지 못한 부고를 쓰면서 나는 나와 작별한다.

벌판에 서 있으면서 벌판을 찾아 나섰던 두 발은 벌판에 이르지 못했다. 주머니 속에 있는 것을 찾기 위해 헤매기만 했던 두 손은 주머니 속에 있는 것을 찾지 못했다.

나는 다가올 밤과 이어지지 않고 끝에 이르기 위해 끝을 바라본다. 여기를 밝히던 불빛을 지송(持誦)하며 땅 빛을 지속한다. 지속할수록 어두워진다. 쓰면 쓸수록 밤 속에 갇혀 있다. 불빛들 말하는데 불 꺼진 내 몸은 받아 적지 않는다. 저기로 가야 하는데 저기로 갈 수 없다. 전화를 받을 수 없다.

물을 너무 주어 뿌리가 썩어 가는 칼랑코에들을 바라본다. 떠오르지 않는 해를 떠올리며 목은 기울어지고 무엇을 버려야 할지 몰라 잡동사니에 파묻혀 분량만 늘어나는 슬픔을 헤아린다. 슬픔이 슬픔을 읽을 수 없는 밤, 끝낼 수가 없어 끝내지 못하는 밤이 지속된다.

어디서부터 어디까지 살아 있었는지 어디서부터 어디까지가 죽어 있는 건지

자야 하는데 잠이 오질 않는다. 배가 고픈 거일 수도 있다. 빵을 씹다가 종이를 씹다가 이미 부활한 것일 수도 있다.

시가 이렇게 쉽게 써지는 아름다운 홀로°

　나는 나를 소개할 수 없다 여기도 저기도 속할 수 없다 그
저 비가 올 것 같은 되풀이되는 바닥이다

　마음에 가까워지려는 마음이 일만 편의 시를 읽고 일만
편의 소설을 읽고 한 줄의 감정을 가지려 했을 뿐

　어딘가 다른 세상에 있는 마음이°° 하늘을 학습한다 새를
학습한다 수천만 장의 하늘에서 난다의 깃털을 찾는다

　파아란 차고 흰물기°는 어느 날 흘러내리는 것
　저물어 가는 일렁이는 머뭇거리는 목록과 아슴푸레한 얼
룩의 면면으로 나아가는 홀로

　여기서부터 여기까지가 내가 정의한 너고 쓰면 쓸수록 고
독해지는 얼굴이기에 지금은 어둡다

　비 안으로 들어가려는 문장이 있고 밖으로 나오려는 문장
이 있다 비에 갇힌 고양이가 있다 있다에 갇혀 있는 것처럼

간혀 있다라는 말에 갇혀 있다

세상의 모든 강물을 훑으며 비에 가까워지다 비에서 멀어
진다

추억이 되지 못한 기록으로
기록이 되지 못한 추억으로

끄적임 속에서 끄적이다 사라진
너라는 표본이 나를 쓴다

소설 속에서 시를 쓰든 시 속에서 소설을 쓰든
낱낱의 네가 낱낱의 너와 주고받는 말이든

'그냥 써라'

나는 그저 수집된 밤이기에
인용구로만 이루어진 시이기에

° 인하대학교 인하 AI人팀 『마음의 실험(AI STORYTELLER PROJECT)』, 실험 1 정지용 × 윤동주 | 나 '나만 한 쥐들이 타던 바람개비', 실험 2 정지용 × 백석 × 김소월 × 윤동주 | 우리 '그것들을 그림자처럼 고민하고 가졌다면' 중에서.
∞ 이승훈의 「엉터리 시」 중에서.

그 여름의 빗물이 빈 밥그릇에 고여 가는

— 교환할 수 없는 교환 일기

비가 내리고 있어 기르던 개가 떠나고 그 개의 빈 밥그릇에 빗물이 고이고 있어

눈물이 아닐 때까지 슬픔을 쓴다면 마침내 수증기에 도달하겠지 그러나 쓸 수 없음이 우리의 마지막이어서 그 여름은 너를 다시 시작하고 나는 다시 시작된 여름 속에 있어

언제나 근처까지만이었지 그림자로 숨어 지내느라 어디를 펼쳐도 가본 적 없는 곳이고 일어나지 않은 이야기들이 우리를 이 밤의 과거형으로 남겨 두어서

만나지 않고 마주 보던 감정들이 비선형의 밤길로 되돌아오고 있어 빗방울이 머리 위로 떨어지고 있어 호수로 뛰어들고 있어

내가 전화를 걸면 네가 받지 않고
네가 전화를 걸면 내가 받지 않는

머뭇거림 속에서 속삭이던 빈 바람의 말

나의 눈빛과 너의 눈빛을 교환하고 서로가 서로의 밤을
써 내려간다면 우리는 한 권의 책 속에서 길고 긴 어둠에 닿
게 될까

그러나 나눌 수 없는 것이 우리의 마음이라서
쓰다 만 나무들이 숲을 기다리는 여름의 빈 그릇에 누워
있어

누구의 이야기도 아니어서 읽을수록 알알이 익어 가는 옥
수수 같은
쓰지 못한 이야기가 우리를 쓰고 있는 그날의 여름이

멈추지 않는 키보드 소리가
홀로 영화를 쓴다

쓴다 나에게는 지면이 없으므로 스크린 위에 쓴다 초당
24 프레임의 속도로 쓴다 이것은 영화가 아니므로 카메라를
끄면 나타나고 카메라를 켜면 사라지는 떠돌이 개와 기록되
지 않을 밤을 쓴다

한없이 늘어지는 나의 푸티지는 비문으로 이루어져 있고
이해되지 않아 이해하지 않고 나아간다

스크래치가 이미지를 망가뜨려 더없이 아름다운 필름 위
에 존재하는 슬픔의 존재하지 않는 기쁨의 격조사로 이어진
길고 긴 울음의 웃음을 쓴다

멈추지 않는 키보드 소리가 너를 잠들게 하므로 멈추지
않고 쓴다 갈축의 타건으로 이루어진 문장의 소리를 쓴다

너무 어두워서 아무것도 찍히지 않은
너무 밝아서 아무것도 찍히지 않은

말이 되지 않은 말들의 이미지는 긴데

순간이란 몇 프레임인가?°

순간이라고 말하는 이 순간조차 한 프레임씩 뒤로 밀리면서 싱크가 맞지 않은 두 손으로 타닥타닥 타오르는 불꽃을 쓰다 태운 흩날리는 잿빛의 생각으로 영화(英華)의 영화(映畵)를 쓴다

끝나지 않을
밤의 길이를 쓴다

° 김희천의 영상 <탱크> 중에서.

너의 마침표 속에서 꽃으로 필

1
너를 바라보는 내 눈은 슬픔에 잠기지만
너의 꽃은 웃고 있어

이름만 남은 너의 이름을 부를 때마다
찢고 찢기는 아픔에서 여백이 피어난다

나는 네가 마침내 쓴 봄이었고
너는 내가 마침내 쓴 밤이었지

2
손을 마주 잡고도 넘길 수 없는 오늘을
뭐라고 불러야 할까?

마침표를 찍었을 때
날아가 버린 너의 새들이

너의 곁으로 돌아와

말 없는 너의 말을 전해 주고 있어

3
더 작은 목소리
더 작은 목소리로 너의 말을 옮겨 적는 동안

가깝지만 아주 먼 곳으로
멀지만 아주 가까운 곳으로

너는 흘러가고 있어
달은 반음 낮아지고 있어

4
어느덧
가장 조용한 계절이 와서

모자 속에 말을 넣어 두고
입 꾹 다문 너의 구름들과 산책을 나서지

2부

다른 나라에서
— 가나다라마바사

'일어'가 아니고 '잃어'. '어떡게'가 아니라 '어떻게'.
'한 명의 인간으로써'가 아니라 '한 명의 인간으로서'.

아무도 사랑할 수 없다고 하지. 그러나 아무나 사랑하기
도 해. 우리는 곳? 곶? 곧. 책상 위에서. 식탁 밑에서. 트렁크
안에서. 문밖에서. 어디서든. 언제든. 사랑을 잃지 않기 위해
사랑 없이 사랑을 하고.

무언가를 잃어버렸지. 무언가를 잊어버렸고. 당신 아닌
당신을 만나 열렬이가 아니라 열렬히.

더 이상 울지도 웃지도 않는 아침이 시작되려 해. 게들. 게
들. 게들이 아니라 개들. 개들. 개들이 있는 이곳에서. 납작
해지려고 해. 더 작은 구멍을 찾으려고 해.

멀리 있는 것들은 아름답지. 나는 이 두근거림에 대해 아
무런 서약을 하지 않기로 한다.

부서지는 것은 모두 미래지. 컵들의 이가 부러지는 동안, 먼지들이 모서리를 향해 굴러가는 동안. 우리는 께? 꾀? 꽤. 무거워진 눈꺼풀을 덮으며 각자의 담요를 향해 팔을 뻗는다.

'고동'이 아니라 '고둥'. '만두를 만듬'이 아니라 '만두를 만듦'.

네가 할 수 있는 것을 나는 할 수 없다는 것을 긍정하려해. 눈과 구름의 반복인 이 계절을 부정하려 해. 로맹 가리가 아닌 에밀 아자르의 이름으로 열두 개의 단어를 외우고. 열두 개의 단어를 잊어버리고. '자기 앞의 생'을 완성하려 한다.

가재가 가재인 것에 대해. 얼룩이 얼룩인 것에 대해. 재채기가 피어오를 때까지 후추! 불꽃을 번쩍일 때까지 부싯돌!

밤이 오면 우리는 후라쉬 후레시 프라쉬 플래시 무엇으로

밝혀야 할까.

'텔레비젼'이 아니라 '텔레비전' '비로서'가 아니라 '비로소'.
'그렇게 될 것입니다'가 아니라 '그렇게 될 것입니다'.

고요의 단락에서

1

기쁨이 없어서 슬픔이 없다 고유하지 않은 고요의 밤 입은 있으나 할 말이 없다 끝내·끝내지 못한 채 끝이 나서 아름다운, 목소리를 위해 물거품이 된…… 너를 사랑해서 나를 잃어 간다 움직일 수 없는 너의 손발이 되느라 지쳐 간다 잊을 수 없는 계보를 잇고 있다 아무 소용없는 것이 나에게는 소용 있다

되돌아갈 수 없는 날들로 되돌아가는 나는 나으로 이루어진 너다 씀으로써 나는 나에게서 멀다 나는 어떤 어둠으로부터 들려온다 나는 나를 알아볼 수 없다 불투명하다

2

이름만 바뀐 나무들과 옆으로 간다 팥배나무 앵두나무 연필향나무 나열을 위한 나열 속에서 흰 눈동자를 이을 단어가 없다 예도 아니고 아니오도 아니다

비와 주저앉고 주저앉은 곳에 머물러 있다 말해도 소용없

는 말의 앞뒤를 바꾼다 달라 보이지만 같다

생각에 음악을 얹지 말자 고조되지 않은 미증유의 하루 위를 허튼 걸음으로 오간다 그 모습이 그립지만 그 모습은 없다

가만히 있어도 잃고 있다 붙잡아도 떠나고 있다 남겨질 이유 없이 남겨져 있다

철새들이 돌아오지 않는다

너라는 단어와 끝에서 끝으로 간다
가물거리는 강 위를 떠내려간다

그 밤을 지나 조용에 당도하고 있다

이제 와 비로소
단락이 바뀌고 있다

닥

원하기만 하고
있는 대로 보지 못하는
온통 자기 자신뿐인 마음을 더는 견딜 수 없어
나의 반을 무너뜨리고 남은 반으로 살아가는 일

나는 어제 용서한 것을 오늘은 용서할 수 없는 사람이라
는 것을 뼈에 새겨 두어 시린 왼쪽으로 기운다

TV를 켜면 물결은 서해 먼바다에서 일고
오후 한때 눈이나 비가 내렸지

찌개를 끓였다면 눈이 쌓이던
우리의 식탁이 따뜻해졌을까?
술에 취해도 비틀거리지 않았을까?

수박을 굴리고 수박을 깨트리던 것은
나무의 기억은 아니지만

어제 잊을 것을 오늘 다시 생각하며
나무를 향해 수박씨를 뱉네

사랑을 '닭'이라 쓰고 '닥'이라고 읽는다면
구름의 깃털은 가려워지겠지

상자 안과 밖의 어둠은 차이가 없다

상자 안의 밤은 작고 희다

어느 날은 내가 울고 어느 날은 네가 운다 어느 날은 네가 남겨지고 어느 날은 내가 남겨진다

너는 네 모습을 잃어 가고 나는 내 모습을 잃어 간다 잃어도 잃어도 남겨진 몇 조각이 서로를 추억한다 이 빠진 낱말들로 같은 문장을 되풀이한다

어느 날은 허리가 아프고 어느 날은 머리가 아프다가 어느 날은 다리가 아프다

무언가가 비인칭의 풀밭에 엎드려 비인칭의 비를 맞는다 무언가가 긴긴 강변을 따라 긴긴 어둠인 듯 일렁인다

눈을 감은 모든 것이 그곳에서 나를 기다린다

없는 번호를 누르며 없는 이에게로 다가가면서 지친 개를

끌어안고 하품을 한다 앉았다 일어선다

창밖으로 루핑 되는 눈이 흩날린다 딱새가 운다 바람은
죽은 나무에 기대 시든다 바스락거리는 나뭇잎의 잠 속을
배회한다

담벼락은 고양이를 불러들이고 고양이는 고양이를 불러
들인다
무리에서 빠져나오는 꼬리가 있고 앞발을 모은 배고픈 울
음이 있다

무엇이 더 남았을까?
나는 웅크린 상자 속에서 웅크리기에 몰두한다

겨우의 겨울

고사목으로 기어 들어가는 습성만으로는
동면에 들 수 없겠지

조금은 다르고 싶었지만 조금도 다르지 않은 말로
아무것도 가지지 못해 아무것도 가지지 못한 채로

같이 오고 같이 가는 것 비슷한 모습을 갖추려고 옷을 고
르는 것 웃을 때 따라 웃는 것

그런 것은 아무 의미도 없었다°

누구의 누구도 아닌 그저 눕다로 울다로 먹다로 뒹굴며
저 고양이와 고냥고냥한 잠을 자다 물병에 물은 반의반도
남지 않았지

그것은 그것으로 그것이 되어 가는데 어떤 생각엔 마침표
가 있고 어떤 생각엔 마침표가 없다 있으면 있는 대로 없으
면 없는 대로 머물다 갔다

나는 당신과 어울리지 않고 그 일에 적합하지 않아
이불 속으로 들어간다

언젠가 담아 둔 눈[∞]이 눈앞의 겨울을 만든다 눈으로 차오
른 오늘은 내일도 계속되어서 나는 계속 말없이 쌓여만 갈
작정이다

° 알베르 카뮈의 『이방인』 중에서.

∞

Reality
— 니트 아일랜드°

플레이하지 않고 머무르면서 살아남는다 자세를 낮추고 이동한다 총소리가 들린다 죽여도 된다 죽어도 된다 그러나 또 한 번 죽은 뒤론 숲으로의 은신을 즐긴다 새소리를 따라 밤보다 아름다운 체르나루스°°의 밤이 숲에서 구현된다

나뭇가지를 모아 불을 지핀다 모닥불 앞에 앉아 나는 피어오름 속에서 피어오르며 장작이 타는 소리를 낸다 멍하게 타오르다 꺼져 간다

몰락한 세계에서 나는 이미 몰락했음으로 완전하다 이미 고독함으로 적막은 황홀하다 1인칭에서 3인칭으로 나를 전환한다 여기를 지속한다 머무르는 만큼 저장된다

비보다 비 같은, 비를 넘어서는 비다 그래픽 속에서 그래픽으로 변환되는 마음이 무엇이 없는 지점으로 확장한다 맵의 바깥으로 조금씩 이동하는 별들과 벗어나고 있다

길 끝에는 바다가 있고 버그를 찾으면 허공에서 헤엄칠

수 있다고 해

더 나아가지 않아도 돌아가지도 않아도 되는 나는 언제든
종료하고 언제든 재시작할 수 있다

° 「니트 아일랜드」는 에키엠 바르비에, 길렘 코스, 캉탱 렐구아크가 연출한
다큐멘터리로, 연출가들이 게임 'DayZ'를 직접 플레이하면서 평방 250킬로
미터의 인터넷 가상공간에 거주하는 플레이어들의 삶을 기록했다. 이 작품
에서 받은 인상을 시로 옮겼다.
∞ 게임 'DayZ'의 나라명.

시네마가 끝나고
시네마가 다시 시작되는 계절

1

스크린 위로 100피트의 밤이, 100피트의 들판이, 100피트의 길이, 100피트의 불빛이, 100피트의 눈이, 100피트의 바람이, 'ready'와 'action' 사이에서 흔들린 구름이 지나간다.

— 무엇을 보고 있니?
— 아무것도

그저 이쪽에서 저쪽으로 사라지는 빛을, 어둠을 훑는 동안
내 옆으로 빈 의자들이 하나둘 늘어나고
마침내 텅 빈 극장에 홀로 남겨졌을 때

오늘의 시네마는 끝났고 엔딩 크레딧이 올라간다.
엔딩 크레딧이 올라가자 내가 앉아 있던 극장은 사라지고

나는 스크린 없는 극장에 앉아 이어 붙인 거리를 본다. 이어 붙인 바다를 본다. 이어 붙인 집을 본다. 이어 붙인 차들을 본다. 이어 붙인 하늘을 본다. 컷과 컷 사이 사라진 풍경

들을 본다.

2

요즘은 영화를 보는 대신 회사에 간다.

책상에 앉아 종이와 종이를 이어 붙인다. 새와 새를, 강과
강을, 비와 비를, 밤과 밤을, 겨울과 겨울을, 기차와 기차를,
앞과 앞을, 앞과 옆을, 옆과 옆을 이어 붙인다. 이어 붙인 흔
적과 이어 붙인 흔적을 이어 붙인다. 시간과 시간을 이어 붙
인다.

프레임 밖으로 사라진 새가 프레임 안으로 들어오고 프레
임 안으로 들어온 새가 프레임 밖으로 사라질 때까지 나의
하늘은 계속된다. 나의 숲은 계속된다. 나의 밤은 계속된다.

몽타주의 계절을 지나 롱숏의 계절을 지나
시네마가 끝나고 다시 시네마가 시작되는 계절

나는 나의 영화가 시작될 때까지
이것과 저것을 저것과 이것을 이어 붙인다.

나는 '너'로 시작하는 문장으로
너는 '나'로 시작하는 문장으로

1

너는 혼자다° 나도 혼자다

네 모습은 내 모습이다 네가 밥을 먹을 땐 밥을 먹고 네가 잠을 잘 땐 잠을 잔다

나는 너로 시작하는 문장으로 잔가지를 줍고 잔가지를 태운다 피어오르는 불꽃 앞에서 그저 앉았다 일어선다 너는 아주 긴 글을 읽다가 아주 긴 편지를 쓴다 너는 쓰면서 수천 수만의 문장으로 늘어난다 너는 강과 이어지고 나는 새벽안 개와 이어진다

밑줄 그은 손목에서 밑줄 그은 발목으로 흘러내리는 밤 구겨진 손으로 더듬어 보는 물결 내가 읊고 네가 읊은 바람 이 분다 조금만 더 보려 했다면 보였을 조금만 더 들으려 했다면 들렸을 이야기가 흐르고

2

네가 보는 밤이 있고 내가 보는 밤이 있다 나는 네가 보는
밤에 있고 너는 내가 보는 밤에 있다

너는 고통이고 나는 고통을 바라보는 고통이다 너는 마지
막 말을 찾기 위해 마지막으로 밥을 먹고 마지막으로 불을
밝히지만 나는, 너로 시작하는 문장으로 네 앞에 지고 있는
으아리를 본다 나는 묻는다 너는 대답하지 않는다 너는 나
로 시작하는 문장으로 나는 너로 시작하는 문장으로 시작하
기 전에 끝나 버린 우리를 홀로 지속한다

어떤 날 어떤 모퉁이 어떤 정원의 어떤 벤치에 앉아 더는
아프지 않는 비를 맞는다

나는 그저 울고 너는 그저 흐른다

° 조르주 페렉의 『잠자는 남자』 중에서.

은는이가와 헤어지는 입술들

오늘은 판독할 수 없는 단어와
판독할 수 없는 단어로만 이루어져 있어

'곱씹다'를 곱씹으면서
두 귀를 지난날로 옮겨 적는 밤

누구의 마음도 읽을 수 없어
마음을 고백하는 대신

한 줄씩 지워져 가는 마음으로
다시 쓴 사랑을 훑을 때

'뒤돌아보다'는 뒤돌아보면서
"   "라면서 "   "라고 말했지

아무런 이야기도 하지 않았는데
아무런 이야기도 남아 있지 않은
빈칸 위에 서 있었지

부서진 담벼락에서
은는이가와 나누었던 입맞춤과
아에이오우로 식어 가던 아에이오우의 날들

'울다'를 보고 웃고
'웃다'를 보고 우는 반대말들과

지나간 여름의 곁에서 찻잔 속의 얼룩, 얼룩의 표정으로
말 없음에게 '쓴다'라고만 쓰는 동안

새를 보며 웃고 새를 보며 울던 그날의 새는 더 작은 새를
따라 더 작은 숲 더 작은 숲으로 옮겨 가면서 더는 보이지
않고

보이지 않는 새를 보며 웃다가 울고 다시 웃고 다시 울다가

'나는'과 '너는'으로

'것처럼' '것같이'
'작별하다'와 '작별'하면서

지워진 고양이를 따라 이 골목 저 골목을 떠돌다 빗방울
속으로 스며들기로

다시 핀 입속의 꽃들과 함께 시들어 가기로

다음 문장은 없다
— 온종일 비

내리긋기, 비의 아름다운 필체를 따라 그으며 뜬구름의 비를 맞는다 행이 나누어진 구름 속에서 한 획의 비를 반복할 것, 말을 선에 싣는다 기울기에 몰두한다 이야기가 어떻게 전개되든 이야기는 궁금하지 않다 필압으로 표현되는 이 서사의 끝은 땅에 닿는 것, 스며드는 것, 증발하는 것, 대기의 기분은 흐림으로 흐른다

지금 떠오르는 것은 구름 이외의 것, 구름의 바깥에서 구름의 바깥으로 흐르는 것, 모든 말을 동시에 말하게 함으로써 동시에 말해지는 침묵을 듣는다 어디서나 내리는 영혼의 날씨를 지닌다 말뿐인 그 말을 사랑해서 앞도 보이지 않았던 날들의 다물어진 입을 마주하며 긋고 긋는다

구름에서 가장 먼 구름과 구름에서 가장 가까운 구름 사이에서 잠시 구름이었던 구름도 어느새 비를 몰고 온다

비가 내린다 간격을 두고 내린다 혼자 우산을 쓰고 가는 사람 위로 내린다 온종일 내린다 개인 후에도 내린다 다음

문장은 없다 그냥 내린다 다음 문장은 없고 내림만 무한 증식한다

3부

'르'이 사라진 밤
— 말을 잃은 M에게

1
나는 다가가는 안녕이고 너는 멀어지는 안녕이다
잠든 너의 얼굴을 바라보며 나의 얼굴은 변해 가는 중
이다

오후다 오후에 머물러만 있는 오후다
너는 오후의 언덕을 바라보고 나는 오후의 언덕을 바라보
는 너를 바라본다

더는 없는 숲과 정오의 새를 그리워하며
단문의 보폭으로 서성이던 구름들

우리는 모으려고 할수록 흩어지는 목소리였지

야옹 하며 울던 고양이를 찾아 야옹 하고 우는 고양이처럼
우리의 이야기는 꼬리에 꼬리를 물고 맴돌았지

2

그 너머의 들판 그 너머의 나무 그 너머의 새와 그 너머의 숲으로 옮겨 가는 너의 속삭임들

'ㄹ'이 사라진 밤
룰루는 울우하다

바다의 말은 어렴풋하고 vague 모호하다 vague°

아무도 읽지 못한 파도가 가고
아직 쓰지 못한 파도는 오지 않은 채로
너의 눈 속에서 자꾸 눈꺼풀이 감기는 우리의 바다를 바라만 본다

° 파스칼 키냐르의 『은밀한 생』 중에서.

기억은 기억되지 않는다
— 잊지 말기로 한 계절의 눈빛과 울음이 번져서

너를 남겨 두려 했는데 남아 있지 않다. 상자를 어디에다 두었는지 보이지 않는다. 추억할수록 아름다워지는 추억을 더는 추억하지 않아서

먼 웃음으로 사라져 가는 오목눈이들. 흐려지는 지평선 위에 지평선 밑에 조금 더 머무르는 밤은 곧.

나에게도 살아온 날들이 있을 텐데, 돌아가야 할 주소가 떠오르지 않는다. 나는 나 자신에게 물어도 답하지 않는 답이 되어 잠겨진 입을 열 수 없다.

밤과 안개 속에서 겉돈다. 바람과 수풀 사이를 헤맨다. 내면에 없는 내면의 소리를 듣기 위해 나뭇가지를 붙잡고 있다. 마지막이 오면 마지막으로 하려던 말이 마지막까지도 떠오르지 않는다.

이제 정말 마지막인 이 순간과 핀 적 없는 단어의 윤곽에서 저문다.

스퀴즈

하나의 긴 이야기가 몇 개의 단상으로만 남았다

네가 내 손바닥에 쓴 마지막 단어를 읽을 수 없어 쥐고만
있었지 펼쳐 보면 온통 울음일 것 같아서 솟구칠 것 같아서

전하지 못한 말들이 말줄임표 속에서 웅크리고 있다 너
를 향한 것이 나를 향해 있다 잠들면 깨어날 수 없을 것 같
아 아직 깨어 있다 창밖을 내려다보며 비를 겪는다 밤을 겪
는다 일어난 일을 겪는다는 것 겪으며 살아진다는 것은 아
직도 닥쳐올 날이 남아 있다는 거겠지

아프다는 말 속에서 고통이 자라난다 잘라 내도 자꾸만
자란다 고통은 몸으로 파고드는 말이라서 몸이 되는 말이라
서 증상을 말할수록 약만 늘어난다 한두 군데가 아니라서
온몸의 일이어서 더는 손쓸 수 없어서

주먹이 된 얼굴을 뭉개고 있다 어떤 감정이든 즙으로 만
들 수 있어서 엉망이 되어 버려서 뭐가 뭔지 모르게 되어서

껍질만 남은 게 아무렇지 않다

마지막 한 방울까지 짠 몸이 바닥이 된 채 말라붙어 간다

슬픔이 빈 컵으로 놓여 있다

녹는다

녹는다 안과 밖이 녹는다

너의 옛이야기 속에서 날아온 얼음 새들…… 우리가 눈을 뭉쳐 만들어 주었던 그 새들의 얼음 둥지가 녹고 사라진 것을 그리워하던 사람들마저 사라졌을 때 나무들도 사라지고

문 닫은 세탁소와 문 닫은 잡화점 사이로 얼음 하면 얼어붙던 골목길이 녹아내린다 빈집에서 떨어져 나온 슬레이트 조각과 유리 조각이 결정을 이룬다 물 위에 물로 뜬다

내 잠의 설원을 가로지르는 순록과 자오선 너머로 날아오르던 얼음 날개들……

나는 기억이 녹고 있는 유빙이다 물의 말과 말들의 물결이 잿빛 하늘과 맞닿아 있다 솟아오른 것들이 가라앉고 있다 수평을 이루고 있다 거기서 여기까지 떠내려온 것들이 모여 간신히 손을 붙들고 있다 불빛에 다가가면서 어둠에 가까워지고 있다 어둠으로 어둠을 밝히고 있다

마지막 날이 무수히 많은 날보다 길다는 것을 마지막까지
믿은 단 하나의 장면이 마지막까지 빛나고 있다 처음으로
돌아가 다시 처음이 되고 있다

'근'이 사라진 밤
— 차가운 발의 속삭임

몸이 먼저 주저앉는다 너는 움직이지 않는 팔다리로 일어
선다는 생각 속에서 일어선다 돌아누울 수 없는 몸을 돌려
눕힌다

처음엔 단지 리을이 사라졌다.

— 리을이 들어간 발음이 힘드세요?
의사가 물었다.

— 약간……

리을이 사라지자 미음 이응 시옷이 뒤따라 사라진다 혀를
잃은 말이 사라진 안녕의 자음과 모음을 찾는다

입에서 손으로 손에서 눈으로 옮겨 가는 모든 문장이 하
나의 음으로만 들린다 너는 내가 알아들을 수 없는 울음
이다 나는 그저 끄덕인다 감기지 않는 눈으로 말하는 눈동
자의 말은 끝없이 흐른다

아픔이 아프지 않다고 하기엔 슬픔이 슬프지 않다고 하기
엔 너무 아프고 슬퍼서 끝까지 읽을 수 없어 덮어 둔 페이지
에서

끊어질 듯 끊어질 듯 이어지는 눈빛이 내쉬는 숨소리를
듣고 있다

차가운 발을 만지면 들리는 속삭임은

춥다는 말일 것이다
미안하다는 말일 것이다

너에게로 가는 메모
— 故에게

불을 끄면 보이고 켜면 보이지 않는 겹겹이 쌓인 혼잣말
과 사람들의 웃음 속에서 빠져나온 웃음으로 굳어 간다

끝을 먼저 본 후 텅 빈 그대로다 날이 맑다 그러나 흐리다
라고 해도 된다

끝이라고 하니 모든 게 끝이었던 것처럼 놓지 못해 붙잡
고만 있었던 손을 놓았을 때는 이미 너에게서 네가 빠져나
간 후였다

한 번 더 겨울이 온다 말끝마다 이응을 붙이고 있다 슬퍼
보이지 않으려고 구르고 있다 네가 올 수 없으니 내가 가고
있다

네 이름에서 내 이름으로 바뀐 빈자리에 아직 수습되지
않아서 조금 더 누워 있다 겹집다라는 말로 여기와 거기를
겹집을 수 없겠지

다시 말한다 다시 말하지 않은 것처럼 네가 떠난 어둔 밤
위에 조금 더 어둔 밤을 덧붙이며 빈 가지로 뻗어 간다

예전이 좋아서 예전으로 가는 말을 수첩에 적어 넣으면서

'같은데'라는 말을 하면 안 될 거 같은데

1

나를 몽타주한다 이미지가 되지 못한 이미지들의 몽타주,
모두의 얼굴이어서 누구의 얼굴도 아닌 얼굴에 가까워지고
있다

내 얼굴이 아니라서 내 얼굴에 적합하다 어떤 모자와도
어울린다

2

같은데라는 말을 하면 안 될 거 같은데 이건 이런 것 같고
저건 저런 것 같아서 이런 것도 같고 저런 것도 같아서

아무 페이지를 펼쳐 아무 단어와 연결하면서 나와 이상을
나와 담을 나와 방향을 나와 흑백을 나와 비유를 나와 환영
을 나와 봄밤을 만들어 낸다 아무렇게 아무렇지 않게 놓여
있다

3

바다 옆에 구름 구름 옆에 바다가 타임라인 위에 펼쳐져

있다 영화에 가까워지려고 했는데 회화에 가까워지고 있다
시에 가까워지려고 했는데 소설에 가까워지고 있다

몇몇은 졸고 몇몇은 일어선다

아무튼
너무 길어서 끝까지 볼 수는 없을 거 같다

일어설 수 없는,
불빛에 걸터앉은 씀으로부터
— 끝맺음을 모르는 말로 끝맺으려 하는 결(結)의 말

지친다와 안개 사이, 갑자기와 번개 사이, 닦아 내도 닦아
내도 흐르는, 지나가는 바람을 지나가는, 지나가는 구름을
지나가는, 불현듯 떠오른 잠의 형태와 잠들지 않는 밤의 대
화는 그런 게 아니라고 한다, 아무튼 아니라고 한다, 시간은
언제부터 엉켜 붙은 것인지, 이제 거기 웃음소리 없는, 너의
모습을 볼 수 없는, 어떤 것으로부터 완전히, 멀어진, 어딘지
모를, 그렇게 가버린 날들에 붙어 숨 쉬는 잎사귀만이, 일어
설 수 없는, 불빛에 걸터앉은 씀으로부터 들려오는 백색의
중얼거림, 나는 나를 본 지 오래라는, 지워진 지 오래라는,
존재하기를 멈출 수 없는 존재들의 메마른 기침 소리, 머뭇
거리다와 빗물 사이, 몇 개의 기억으로 우물거리는 소란의
부스러기, 얼룩진 소맷자락으로 훔치는, 번지는 그늘, 단 하
루 누워 있었을 뿐인데 일어설 수 있다는 사실을 잊은, 무릎
위로 툭 떨어지는, 모든 말들, 비가역적으로 진행되는, 멈추
지 않아도 멈출, 있기 위해 지속하는, 그러니까, 눈 뜨지 않
은 오늘엔 없을,

모든 겨울이 지나간 뒤에
홀로 남겨진 의자가 있었다

1

한 눈엔 달을 한 눈엔 해를 띄운 고양이가 있었다
동백은 피고 지고 피고 지고 있었다

'눈이 쌓이고 쌓여. 아무도 이곳이 어딘지를 몰라'°

읽고 또 읽은 눈으로 이루어진 나는
어제의 눈발이 되어 걷고 걷는 중이야

너로부터 잊혀 가는 너의 목소리와
낱말들의 무표정으로

나의 책은 내가 써야 한다°°

2

그 모든 겨울이 지나간 뒤에
홀로 남겨진 겨울처럼

가마우지는 우는 중이다. 비는 옮겨 가는 중이다. 마지막
기차는 떠나가는 중이다.

3
빈 의자의 속도로, 너의 창 앞을 머뭇거리던 나뭇잎의 속
도로,
이야기 없는 이야기를 쓰는 나는

픽션의 너야
논픽션의 심장이야

나무에 나무를 더해 갈 뿐
숲을 보려 한 것은 아니었지

그러나 단 한 그루의 나무도 보이지 않아
지나간 나무를

불러 본 적 없는 이름으로

불러 볼 때

더 이상 정지할 수 없는 밤이 있고
전진과 후진을 반복하는 빈 의자가 있다

° 최정례의 「너의 여행기를 왜 내가 쓰나」 중에서.
∞ 김응수의 영화 <사각형을 위한 씻김굿> 중에서.

겨울 담요에서 새털이 날리고 달빛 엉클어 지는 지붕 위에서 고양이 잠을 청하다

지붕 위에 앉아 새털구름을 짰어
일곱 마리 양들과 겉뜨기 안뜨기 바람을 짰어

낡은 스웨터로 새 스웨터를 짜는 동안 눈 코 입은 자꾸만
엉클어졌지

다시 눈 다시 비 다시 눈으로 다시 뜬 하루였어

모두 어디로 사라졌지? 길고 긴 겨울이었는데 담요 속에
새들은 펄럭거렸는데 나는 둥실 떠올랐는데 그만 털실을 놓
쳤는데 길고 긴 꿈이었어?

한 뭉치 두 뭉치 털실을 쫓아 굴러간 늙은 고양이는 말이야
저 구름과 뭉쳐진 것 같아

괜찮아 괜찮아 올 풀린 구름도 뒤엉킨 바람도 괜찮아

편물의 잠 속에서

매듭 없는 날과 달을 되감으며

너와 나 두 개의 모자에서 하나의 목도리로
다시 뜨이고 있으니까

앙상한 내 시곗바늘은 째깍이며
무지개를 다시 짜고 있으니까

4부

슬픔의 최종본

　나는 무뎌지고 무뎌진 슬픔의 수정본으로 어떤 이미지도 어떤 이야기도 없는 눈물을 지닌다 모든 빛들이 나를 통과한 뒤에도 달라지지 않은 낯빛을 받아들인다 어딘가에 나와 언젠가의 나는 관계가 없다 연속되지 않은 요소로 드문드문 드리워지는 그림자와 같이 내가 아닌 어떤 것을 지칭하는 나는 눈을 감고 있는 어둠의 지향으로 내가 생각하지 못한 경우의 수로 불려도 꽃이 되지 않는 어떤 이름을 지닌다

　내가 떠난다면 나는 남을 것이다 내가 남는다면 나는 떠날 것이다 나다움이 없는 완전한 외부로 향한다 이젠 아무렇지 않은 일이다 거기서 거기인 상태를 거듭하는 슬픔은 이건 슬픔이 아니라고 말한다 더 이상 시간에 속하지 않는 과거와 미래를 지금으로 덮어쓴다 자정이거나 정오였을 풍경은 구성되지 않는다

　저 끝까지 가도 거기가 끝은 아닐 텐데 더는 갈 곳이 없어 저 끝에서 끝나게 될 나의 최종은 수정하다 날아간 슬픔으로 저장된다 모호하고, 무모하며, 덧없는 한낮의 형상으로, 파일명만 바뀐 최최종의 밤으로

지금 흐르는 눈물은
몇 시 몇 분의 슬픔일까?

하양 검정 줄무늬 스타킹 신고
발 없는 구름과 말 없는 말들과
국경을 넘어갈 때

나는 얼굴이 바뀌고 이름이 바뀌고

꼬리들을 따라
더 밑 더 밑 더 밑으로 내려가면서

너무 많은 언덕과
너무 많이 주저앉고

돌이킬 수 없는 풍경들과
돌이킬 수 없는 말들을 지나

어느덧 느려진 지금은
조금씩 귀가 어두워지는 시간

들판은 여기까지고
강은 여기서부터라서

그냥 그냥
혓바닥을 늘어뜨릴 때

지금 흐르는 눈물은 몇 시 몇 분의 슬픔일까?

울음에 어울리는 자세를 찾기 위해
내 발은 네 발이고

자꾸만 눈꺼풀이 감기는 지평선의 지금은

'우리 다시 만나'라며 뒤돌아보는
이토록 다정한 안녕이
10, 9, 8, 7······ 직진으로 속삭이며 다가오는 시간

영

— 없지만 있길 바란 그곳에 우리 있기를

미래는 이미 지나와서 왔던 길을 더듬어 가야 한다 오늘은 춥지도 덥지도 않고 꽃이 피지도 지지 않는 어떤 계절의 밑바닥에 눌어붙어 숨 쉰다 가까이 있어도 가깝지 않았다

책상에 앉는다 책상에 앉아도 비가 오지 않는다 새가 울지 않는다 대신 울어 본다 그런다고 울음이 되지 않지만 울어 본다 얼마나 울어야 하는지 모르지만 조금 더 울어 본다 한 줄기 한 줄기 멈추지 않고 도달해야 하는 울음은 멀다

오로지 어떤 배열 속에서만 이따금 아침이 생겨난다 어떤 문장과 문장이 아침을 열어 주는 것인지 모른 채 아침을 맞는다 밥을 먹는다

살아간다는 말 속에서 살다가 죽어 간다는 말 속에서 죽어 간다 재생과 정지를 반복하다 물과 불이 걷잡을 수 없이 불어나서 머리는 불타고 몸은 가라앉는다 나라는 꿈에서 깨어나도 아직 나다

하루살이의 하루는 길지도 짧지도 않겠지 단 하루도 충분

하다는 것을 깨닫지 못해 또 하루가 필요할 뿐……

　남은 돈으로 남은 날들을 가늠해 보다 영에 도달한다
많다 아무리 많아도 영인 영과 여울을 이룬다 빛과 어둠을
보고 있는 줄 알았는데 빛도 어둠도 없다 가져갈 것도 남길
것도 없어 그냥 출발한다 어디로 가도 도착되는 곳으로 가
고 있다

기억은 기억되지 않는다
— 일몰 증후군

우리가 전부였던 우리는 이제 서로를 마주 보면서도 알아볼 수 없는 일몰에 닿은 거겠지 서서히 밤에 물드는 거겠지

돌의 표면을 문지르면 간직했던 표정은 닳고 닳아서 반질거린다 사물에서 벗어난 명칭들이 배회한다 곳곳에서 짖는 개들이 곳곳으로 안내할수록 길의 구조가 무너진다

여기를 벗어나기 위해 옷 가방을 꾸린다 돌아서서 밥을 먹는다 밥을 먹었다는 것을 잊은 채로 다시 밥을 먹는다 집에 있으면서도 집으로 가려 한다 너를 보고 있으면서도 너를 만나러 간다

창백한 불빛을 지나간다 웅얼거리는 눈보라를 따라간다 닿지 못할 목소리가 서성이고 있을 어디로 이어진지 모를 다리를 건너간다 숲과 지나가다 뒤돌아보면

알 수 없다 모른다는 것을 알 뿐

일몰을 보다가 오늘을 잊는다

하엽없는 보케Bokeh들의 내일은 하얗다
— 히로시 스키모토의 <극장>에서

나는 카메라다°. 본다. 초점이 흐려진 아름다운 피사체를. 피사체 뒤에 피사체. 옆모습과 앞모습과 뒷모습이 엉키는 모습을. 빗방울과 빛 망울이 망울망울 번지는 창문에서 하엽없는 보케들과 하염없이 중첩되는 시간을.

그 모든 오늘을 한 장에 담기 위해 셔터를 연다.

경로가 겹쳐지는 동안 아직 아니어도 된다. 가만히 있어도 된다. 지나가도 된다. 맴돌아도 된다. 웃고 있어도 울고 있어도 한 화각에 수렴된다.

모두의 내일이 이름 없이 밝아 오고 있다. 하얗게 하얗게 뭉치고 있다.

° 크리스토퍼 이셔우드의 『베를린이여 안녕』 중에서.

몇 방울의 물로 너의 강에 닿을

있다 그냥 있다 얼어붙은 말의 조각들이 입김만 내뿜는 추위 속에 있다가 간격이 벌어지는 더위 속에 있다

가질 필요 없는 것을 가지느라 하루 한 칸씩 좁아지는 방에 누워 어디로든 갈 수 있었는데 어디로도 가지 못했지 무엇이든 될 수 있었는데 무엇도 되지 못했지

구름이 앉아 있는 지붕을 본다 둔치에서 둔치를 오가는 상상에서 구름이 떠난다 입에서 말이 떠난다 두꺼비 집을 짓다 두꺼비 집과 허물어진 이 여름이, 끝말잇기로 이어 가던 단어와 멈춘다

살아 있는 게 슬픔인 줄 모르고 죽음을 슬퍼하다 울다 그친다 가로등 깜박이는 풀밭에 앉아 깜박거린다 기차가 지나가는 동안 나는 있다가 없다 없다가 있다

'언제나 비는 내린다 어떤 부딪힘도 없이 한 줄기 한 줄기 멈추지 않고 비에 도달한 비는 언제나 비다'

읽고 또 읽은 비를 지나왔을 뿐인데 어느덧 가늘어지는 빗방울과 함께 빗속으로 들어간다

한때 강이었던 너의 강에 몇 방울의 물로 겨우 닿을 듯해서

가도 가도 먼

잠 속에 나를 두고 왔다 나인 낙타로 돌아갈 수 없다 걷던 사막을 이어 갈 수 없다

깨어나면 움직일 수 없는 몸뿐인 꿈은 돌아간다는 생각으로 구부러진다 곡선이 된 밤을 돌고 돈다 잠들 때마다 지형이 바뀐다

자도 자도 먼 모래 속에 파묻혀 뜨거운 콧김을 내뿜으려 사지를 뻗어도 펼쳐지지 않는다

들숨에 있고 날숨에 없는 오늘엔 오늘이 무수해서 모래알 위에 모래알을 얹는다는 생각으로 한 톨 한 톨 잠 위를 걸어가다 보면 돌연히 너는 사막 위에 서 있을 것이다

바람이 불어야 한다 바람에 귀가 떨어져 나가야 한다 다리를 잃어야 한다 눈을 뜰 수 없어야 한다 바람이 나를 뚫고 나와야 한다

모래언덕들이 밀려갔다 밀려오는 어딘가에서 웅크린 모
래언덕으로 솟아날 너는 모래바람 속으로 다시 사라질 너는

출처 없는 숲을 거닐다

어쩌면 내가 아니면 네가 걷고 있다

시작 없이 생겨나 끝없이 사라지던 나는
어디서 얽힌지 모른 채 밝아 오던 너는

이미 사라진 장소로부터 날아온 한 마리 새일지도 모른다
금목서 은목서의 향으로 번져 가는 9월의 마지막 바람일지
도 모른다

무엇이었든 모두 어제의 일이다

자기 자신에게조차 들리지 않는 얕은 바람은 무엇을 원하
는지 몰라 무엇도 원하지 않는다

버리자

단 한 줄만으로도 삶이 되기에 한 줄에 깃들 것

출처를 알 수 없는 울음소리를 찾기 위해 숲을 뒤적인다

이것이 너의 목소리라면 너의 목소리만으로 견딜 만하다

　파생된 것으로부터 파생되고 파생된 것으로부터 파생된, 끝끝내 하나로 인식되지 않은 나 너는, 끊어지고 다시 이어지면서 같이인 줄 모르게 있는, 결국 혼잣말일지도 모를 나 너는

　앞선 문장에서 떨어져 나온 밀알을 주워 먹으며 오늘을 버티는 문장의 유령들. 삭아 내린 페이지를 복원하기 위해 떠도는 거친 입자들.

종점

1

누군가를 만나기 위해 버스에 오른다 누군가와 밥을 먹고
누군가와 비를 맞다가 누군가로부터 도망치기 위해 버스에
오른다

버스에서 잠들고 버스에서 일어나 창문에서 덜컹거리는
얼굴을 바라보면서 사이드 미러 속으로 사라지는 간판들과
사라져 가면서

더 이상 손을 흔들지 않게 되었지 멀어져 가는 것들에 대해

2

버스에서 기차로 배로 비행기로 갈아타고 아직 도착해 보
지 못한 곳으로 가고 싶었지

환승하려 했었는데 내릴 곳을 모두 놓치고
나는 종점에 도착한다

다음에 올 지저귐
— Cheyne-Stokes respiration

어둠 속에서 불빛을 바라보는 게 좋아 나는 조금씩 흐려지는 눈동자로 내가 지운 것과 함께 지워지고 있어 남겨 둔 것마저 지워져서 마침내 아무것도 읽을 수 없게 되는 밤으로 스스로 걸어 들어가는 눈먼 시곗바늘이 되어

한 발 먼저 떨어져 나가고 남은 한 발마저 더는 움직이지 않을, 어딘가로부터 동떨어진 시간 속에 엎어진다 엎어진 채로 기다린다

삶은 꿈과 같아서 자고 일어나면 나아질 거라고 나의 등을 두드려 주었던 네가 잠들어 있는 이 빈 공간이 아늑하다

나는 미약하게 박동한다 들이마시기만 할 뿐 내뱉지 못한다 나를 연장하지 않는다

모든 것이 멈춘 후에도 조금은 들을 수 있는 지난 빛의 일렁임

끝없이 자다

다음에 올 새의 지저귐 속에서 눈뜨기까지

나는 아직 너의 시가 될 수 없다

내일을 생각해야 내일이 생겨나듯

끝맺음으로써 생겨나는 끝을, 끝으로 둔다 조금 열어
둔다

말의 울음을 듣다

김다연
산문

말의 울음을 듣다

나는 너로부터 쓸 수 없는 그러나 써야 하는 슬픔을 물려받았다.

죽음 이후의 날들, 홀로 잠들면 여전히 너의 몸이 그곳에 누워 있다. 소각되어 버린 건 영혼뿐이라는 듯 영혼을 떠나보낸 몸만이 죽음 직전의 모습으로 되돌아오고 되돌아왔다.

*

가장 먼저 혀가 힘을 잃었다. 말의 속도가 느려지고 발음이 어눌해지다, 순식간에 구음 기능이 마비된 너는 한 자 한 자 말을 내뱉으려 안간힘을 쓴다. 나는 뭉개지는 발음들 속에서 몇 개의 단어만이라도 간절히 붙잡으려 귀를 기울인다. 그러나 이제 너의 말은 더 이상 그 무엇도 유추할 수도 없는, 무언가 말하고 있다는 사실만 알 수 있는 텅 빈 소리로만 들려올 뿐……. 그것은 더는 알아들을 수 없는 말의 울음이었다. 구마비, 루게릭 증후군……. 그 병은 그렇게 너에게서 말의 의미를 완전히 거두어 갔다.

'말할 수 있을 것 같은데 안 나온다. 네가 엄마 말을 못 알아듣으니 답답하다……'

너는 힘겹게 핸드폰으로 메시지를 작성하며 눈물을 흘린다. 말을 잃어 가는 동안에도 무너지지 않으려 했던 너는 내가 한마디도 알아듣지 못하자 한순간에 무너져 내린다. 너는 너의 말이 완전히 언어의 기능을 상실해 버렸다는 사실에 절망한다.

*

말할 수 없고 먹을 수 없는 몸이 서서히 움직임마저 잃어 간다. 침조차 삼킬 수 없어 앉은 채로 잠이 들어야 하지만, 목을 가눌 수도 없어 상체는 자꾸만 미끄러져 내린다. 그렇게 어떤 자세로도 잠들 수 없는 밤이 지속된다. 끊임없이 끓어오르는 비참과 고통 안에 갇힌 너와 함께 나는 뜬눈으로 뒤척인다.

그러나 고통이 우리의 경계를 구분 짓는다. 통증은 너를 고립되게 하고 오로지 너의 몸속에서만 들끓으며 너를 여기가 아닌 그곳으로 옮겨 놓는다. 너의 고통 앞에서 나는 무력할 뿐, 손을 잡는 것으로는 아픔을 나눌 수 없다. 너는 그저 홀로 고통스럽고 먼저 떠나는 자가 되어 남겨지는 것들을 염려한다.

병을 이겨 내기 위해, 쏟아부은 노력과 시간들이 우리를 배반한다. 좀 더 나아지는 내일이란 오지 않았다. 매일이 다른 하루, 조금 더 힘든 하루가 다가왔다. 어제 할 수 있었던 것을 오늘은 할 수 없었고, 어제는 조금이라도 가능했던 것을 이내 그리워해야 하는 처지가 되었다.

너의 몸이 무너질수록 나는 오로지 네 몸의 수행자로서 존재한다. 그것은 하나의 몸이 삶과 죽음을 놓고 내리는 강력한 명령으로, 나를 처절하게 굴복시킨다. 그것이 나의 삶이라면 나는 이미 포기했을 것이다. 너의 몸을 움직이기 위해 내 몸을 움직인다. 한때 너의 것이었던 몸이 누구의 몸이 아닌 채로 너를 짓누르고 나를 짓누른다.

*

1. 거즈 주세요
2. 거즈에 물을 적셔 주세요
3. 휴지 주세요
4. 목 보호대 채워 주세요
5. 창문 열어 주세요
6. 창문 닫아 주세요

7. 화장실 가고 싶어요

8. 밥 주세요

9. 상체를 일으켜 주세요

10. 석션해 주세요

나는 손가락이 가리키는 숫자를 따라 1에서 10을 오간다.
7에서 3으로 5에서 6으로 1에서 8로…… 계속 움직인다. 몸
은 원한다. 몸은 살기를 원한다. 그러나 몸은 살아서 죽어
간다. 몸이 원할수록 더 많은 줄과 관에 연결되며 침대에 묶
인다.

위루관을 꺾고 주사기를 꽂고 물을 주입한다. 피딩백에
경관유동식을 넣고 피딩줄과 위루관을 연결한다. 200ml 용
량을 아주 천천히 한 방울씩 주입시키지만, 그마저도 소화
되지 않고 역류한다.

너의 몸은 이제 삶의 영역에서 죽음의 영역으로 옮겨 가
며 신음한다. 더 이상 의지와 연동되지 않는 몸은 자기 자신
이라 여겼던 한 영혼을 고통으로 짓이겨 놓는다. 끊임없이
끓어오르는 가래가 기도를 막는다. 그럴수록 석션 횟수는
몸이 감당할 수 없을 정도로 늘어나 37kg으로 겨우 존재하
는 너는 더욱 버티기가 힘들어진다. 혼자 앉을 수 없는 몸을
앉히다가 혼자 돌아누울 수 없는 몸을 돌아눕히다가 어느

새 초점을 잃어버린 너의 눈동자를 바라본다. 더 이상 말할 수도 먹을 수도 없게 되던 날, 너는 허공을 응시하다 손가락으로 내 손바닥에 풍전등화……라고 썼었다. 나는 유보하고 유보해 온 어떤 것을 마주한 느낌, 이 모든 삶이 훅하고 꺼질 것만 같은 불안 속에서 선잠을 잔다.

*

　'현대커튼……. 작은 우리 방, 그리고 작은 다락방, 작은 부엌이 이제 와 생각하니 천국이었다. 너는 어릴 때도 엄마에게 힘을 주는 아이였지.'

　현실이 고통스러울수록 추억은 더 아름다운 모습으로 되살아나 현재를 떠받친다. 추억 속에서 어린 날의 내가 젊은 너의 품속에 안겨 웃고 있다. 어쩌면 나는 이 기나긴 고통의 끝, 네가 죽음에 이르는 순간만은 추억의 아름다운 파노라마가 네 눈앞에 펼쳐질 거라 믿고 있었다. 그러나 삶은 더 잃을 것 없는 우리에게 그 추억마저도 남겨 두질 않는다.

　섬망, 그것은 일어나지 않은 일들이 기억 사이사이에 끼어들며 모든 의미를 흔들어 놓기 시작한다. 우리를 지탱했던 추억이 궤적을 달리하며 우리를 무너뜨린다. 뒤엉켜진 기억은 돌연 나를 너의 곁에서 내쫓는다. 네가 현재 인지하는 것은 너 이외는 모두 너의 죽음을 도모하는 자들이라는 사실뿐, 어떤 손길도 너를 죽음에서 구해 낼 수 없다는 듯 모든 걸 위협으로 느끼며 공포에 휩싸인 채 경악한다.

모든 것이 너를 공격해 온다는 그 섬뜩한 고립 속에서 마침내 글자마저 붕괴되기 시작한다. 너는 아무렇게나 핸드폰 자판을 누르기 시작한다. 네가 쏟아 내는 글자는 말할 수 없음에 미쳐 버린 말, 자음과 모음이 분리된 채 산산이 부서져 버린 말의 파편들이었다. 희미하게 새어 나오는 흐느낌만이 너의 언어가 되어 메말라 버린 입술에 달라붙어 있다. 너는 그렇게 글자와 함께 영혼이 완전히 부서져 내린다. 이미 죽었다고 느낀 너는 산소 호흡기를 떼어 내려고만 한다. 그렇게 스스로 죽음으로 뛰어드는 행위를 막기 위해 의료진이 투여한 약물에 의해 잠이 든 너는 더 이상 깨어나지 못한다.

*

죽음의 고비를 넘고 넘을 때마다 더욱 처참히 부서질 뿐이었던 날들……. 더는 무너질 것이 없을 때까지 무너져야 도달할 수 있었던 죽음이었다. 죽음으로써 잃은 게 아니라 모든 것을 잃은 후에야 비로소 찾아온 죽음이었다.

마지막 순간에는 우리는 아무 인사조차 나눌 수 없었지

만, 그 병원을 더는 살아서 나갈 수 없다고 생각하던 어느 날 죽음의 고비 앞에서 너는 온힘을 다해 핸드폰으로 내게 메시지를 남겼었다.

'울지 마라. 엄마 이야기를 써다오. 중요한 건 쓴다는 거야. 작가는 자기 슬픔을 쓸 수 있어야 해. 그래도 인생은 아름다운 거다. 살아서 열심히 꽃 피다 가는 거다. 내가 못다한 거는 네가 이루는 거다. 사랑한다. 항상 기도하는 마음으로 순간순간을 살아 다오. 더 강한 뿌리로 바위를 움켜잡는 정신으로 살길 바란다. 늘 사람을 사랑하고, 너의 삶을 사랑하길.'

쏨으로써 삶의 의미를 결국엔 발견하게 되리라는 믿음…… 네가 원한 것은 내가 삶의 고통에 굴복하는 것이 아니라 써내는 것이었다. 쏨으로써 단 한 번도 말해지지 못한 슬픔의 저 밑바닥까지 홀로 내려가는 일, 겪은 일을 언어로 다시 겪는 일, 쓰면서 전혀 다른 경험으로 나아가는 일, 그것만이 슬픔을 마주하며 삶을 살아 낼 수 있는 유일한 힘인 것처럼…… 너는 쏨을 통해 내가 삶을 살아 낼 힘을 지니길 바라고 바랐다.

나에게는 네가 내게 남긴 빈 노트가 남아 있다. 아직 아무것도 쓰지 못한 채로 있는 그 빈 노트를 넘겨만 본다. 네가 비추고 있는 환한 빛의 빈 노트. 아무것도 없지만 모든 것인 노트, 삶의 모든 것을 겸허히 겪고 살아 내야 할 남은 날들만큼 내게 주어졌을 빈 페이지들.

그러니 써야 한다. 견딜 수 없음을 견디며, 그냥 쓰는 그 몇 줄의 문장이 나를 이끌고 갈 것처럼. 씀으로써 다가갈 수 없는 너를 향해 다가갈 것처럼.

타이피스트 시인선 004

나의 숲은 계속된다

1판 1쇄	2024년 7월 20일
지은이	김다연
펴낸곳	타이피스트
펴낸이	박은정
편집	박은정
디자인	장혜미
출판등록	제2022-000083호
전자우편	typistpress22@gmail.com
ISBN	979-11-986371-7-8

© 김다연, 2024.

° 책값은 뒤표지에 있습니다.
° 파본은 구입처에서 교환해 드립니다.
° 이 도서의 판권은 지은이와 출판사 타이피스트에 있습니다.
  양측의 서면 동의 없이 책 내용의 전부 혹은 일부의 재사용을 금합니다.